Karl Heinrich Ulrich

Manor

Outlook

Karl Heinrich Ulrich

Manor

1. Auflage | ISBN: 978-3-73262-110-1

Erscheinungsort: Frankfurt am Main, Deutschland

Erscheinungsjahr: 2018

Outlook Verlag GmbH, Frankfurt.

Reproduction of the original.

Karl Heinrich Ulrich

Manor

Outlook

KARL HEINRICH ULRICHS

M A N O R

Nachdruck der 1914 als Wegwalt-Druck Nr. 3
erschienenen Ausgabe für Freunde des
Verlags rosa Winkel aus Anlaß
des 100. Todestages von
Karl Heinrich Ulrichs
und des 20jährigen
Bestehens des
Verlags rosa
Winkel
Berlin
1995
▼

Die vorliegende kleine Novelle »Manor« von K. H. Ulrichs wurde als Wegwalt-Druck Nr. 3 Ende Januar 1914 in 1200 Exemplaren ausgegeben. Davon wurden 200 Exemplare als Vorzugsausgabe auf Japan-Papier gedruckt und im Interesse der Bücherliebhaber handschriftlich numeriert. Die Herstellung geschah in der Kunstdruckerei Emil Nagel Nachf. zu Berlin SW 68, Lindenstr. 105. * Den Verlag besorgte die WEGWALT-WERKSTATT WILHELMSHAGEN

Mitten im nördlichen Ocean liegt eine Gruppe von 35 Inseln, einsam und verlassen, gleich fern von Schottland, Island und Norwegen, die Faröer genannt; öde, felsig, wolkenumschleiert, durchtönt vom schwermutsvollen Geschrei flatternder Möwen und Kieren, umrauscht von brandenden Wogen, fast stets in Nebel gehüllt. Im Sommer Bergesgipfel, 1800 und 2000 Fuß über dem Meere; rauhe Felsen; düstere Schluchten; Tannenurwälder; tausende von Quellen, die sich oft aus großer Höhe tosend und schäumend hinabstürzen von Block zu Block. Die Ufer tiefeingeschnitten von Buchten und Fjorden; fast überall unnahbar von hohen Felsen umsäumt. Das Meer klippenvoll ringsum; hie und da gänzlich verrammelt; beunruhigt von Wasserwirbeln; von wilden Strömungen durchwogt. Nur 17 sind bewohnt. Strömö und Wagö trennt nur ein schmaler Sund; durchschwimmbar; freilich gehört ein kühner Schwimmer dazu. Mancher Ortsname erinnert an die Zeit, da auf den Färöern noch keine Kirchen standen und der alte Glaube noch nicht vertrieben war, z. B. Thorshavn an der Küste von Strömö, d. i. Strominsel.

In jenen Tagen ruderte von Strömö ein Fischer mit seinem 15jährigen Sohne ins offene Meer hinaus. Es erhob sich ein Sturm; das Boot schlug um; in den Klippen von Wagö warf es den Sohn. Das sah auf Wagö ein junger Schiffer. Sprang in die Wellen, schwamm zwischen die Klippen, ergriff den treibenden Körper, zog ihn ans Land. Setzte sich mit ihm auf einen Block; hegte den Halberstarrten auf seinen Knieen in den Armen. Da schlug dieser die Augen auf.

Schiffer: »Wie heißt Du?«

Knabe: »Har; ich bin von Strömö«.

Ruderte ihn über den Sund nach Strömö zurück; brachte ihn zu Lära, seiner Mutter. Dankbar umschlang beim Abschied der Knabe den Hals seines Retters. Der Vater ward als Leiche von den Wellen ans Land gespült. Der Schiffer hieß Manor. War elternlos, vier Jahre älter als Har. Hatte ihn lieb gewonnen. Sehnte sich, ihn wiederzusehen. Ruderte nun bisweilen hinüber nach Strömö, oder durchschwamm die lauwarmen Wellen, da der Sommer kam, abends wenns Tagewerk vollbracht. Har ging ans Ufer, erklomm eine Klippe, schwenkte sein Tuch, wenn er von weitem Manors Nachen kommen sah. Blieben dann beisammen ein oder zwei Stunden lang. Ruderten hinaus bei ruhiger See und sangen Matrosenlieder. Oder entkleideten sich, tauchten in die Wellen, schwammen zur nahen Sandbank, die gegenüber lag; und die Robben entflohen, die dort auf dem Sande sich sonnten. Oder gingen in den dunkelgrünen Wald hoher Tannen, deren rauschende Wipfel die Sprache Tors verkündeten, oder setzten sich unter die Zweige einer alten Buche auf einen Stein. Plauderten; machten Pläne. Kommt einmal ein Schiff, das auf den Walfischfang segle, dann wollten sie beide mit. Und saßen sie so auf dem Stein, dann legte Manor seinen Arm um Hars Schultern und nannte ihn: »Min Jong«; und dem Knaben war nicht wohler, als wenn Manor ihn so umschlungen hielt. War es schon spät, wenn er kam, dann ging er leise bis an den Fliederbusch, der Hars Fenster beschattete, und klopfte an die Scheiben. Har erwachte und stahl sich zu ihm hinaus. Fühlte sich so glücklich, konnte er bei Manor sein.

II.

Da kam ein dänischer Dreimaster, ankerte in Wagö's sicherer Bucht, suchte Matrosen für eine Fahrt von zwei Monaten zum Walfischfang. Manor ging an Bord. Den schlankgewachsnen jugendfrischen Burschen nahm der Kapitän sogleich an. Har wollte mit als Schiffsjunge. Lära aber sagte jammernd: »Bist mein einzig Kind! Deinen Vater verschlang mir die See. Du willst mich verlassen?« Har blieb. Manor ging. Das Schiff lichtete die Anker.

Zwei Monate waren verflossen. Es ward schon wieder winterlich. Har bestieg die Klippe, schaute in die Ferne, sah eines Morgens das Schiff kommen, schwenkte freudig das Tuch. Doch es war stürmisch; die Brandung ging hoch. Es steuerte auf die Bucht von Wagö zu. Konnte Wagö nicht erreichen, ward verschlagen in die gefährlichen Riffe von Strömö, strandete vor Hars Augen. Er sah, wie die Schiffbrüchigen mit den Wellen kämpften. Erblickte einen unter ihnen, der mit kräftigem Arm eine Planke ergriff, im nächsten Augenblick aber samt Planke in den Strudel der Brandung hinabgeschlürft ward. Er kannte ihn. Es war Manor.

Viel Leichen trieb die Flut ans Land. Man breitete Stroh auf den Strand, legte sie darauf, Leiche an Leiche. Har half mit, musterte die niedergelegten. Da brachte man auch Manors Leiche, legte sie auf das Stroh. Lag nun vor ihm da mit nassem Haar, aus dem Seewasser emportroff, geschlossenen Augen, kalt, mit erblaßten Lippen und bleichen Wangen, aus denen das Blut gewichen, schlank von Gestalt, im Tode noch schön anzuschaun. »So also, Manor, muß ich dich wiedersehen!« rief er aus, warf sich schluchzend über den geliebten Körper und kostete noch einen Augenblick die Wonne der Umarmung.

Man brachte die Leichen über den Sund; begrub sie noch an

demselben Tage in den Sanddünen von Wagö.

III.

Am Abend saß Har in der Hütte düster und stumm. Lära wollte ihn trösten. Er aber wollte keinen Trost; er fluchte den Göttern. Ging zu Bett. Konnte nicht einschlafen. Gegen Mitternacht verfiel er in Halbschlummer.

Da weckte ihn ein Geräusch. Er schaute auf. Es war draußen am Fenster. Die Zweige des Fliederstrauchs knickten sich und es raschelte in seinen trocknen Blättern. Das Fenster ward geöffnet; eine Gestalt stieg herein. Ha! Er kannte die Gestalt! Trotz der Dunkelheit hatte er sie sogleich erkannt! Langsamen Schritts kam sie heran; legte sich zu ihm ins Bett; er zitterte; aber er wehrte ihr nicht. Streichelte ihm die Wangen, aber mit kalter Hand, o! so kalt, so kalt! Ihn durchschauerte Fieberfrost. Küßte den warmen schwellenden Knabenmund mit eiskalten Lippen. Er fühlte des Küssenden nasses Gewand; nasses Haar hing auf die Stirn ihm herab. Ihn durchfuhr ein Grauen. Aber es war mit Wonne gemischt. Die Gestalt seufzte. Ihm klang's, als wolle sie sagen:

»Mich trieb die Sehnsucht her zu Dir! Ich finde nicht Ruhe im Grab!«

Er wagte nicht zu sprechen. Zu atmen wagte er kaum. Und schon erhob sich die Gestalt. Seufzte als wollte sie sagen:

»Nun muß ich wieder zurück!« Erstieg die Fensterbank; entfernte sich wie sie gekommen.

»Manor ist dagewesen«, sagte Har leise vor sich hin.

In derselben Nacht war ein Fischer von Strömö draußen im Sund mit seinem Boot. Es leuchtete die See. Von seinem Ruder troffen schimmernde Funken herab. Da, kurz vor Mitternacht, hörte er seltsames Rauschen. Sah, wie etwas hindurchschoß durch die leuchtenden Wellen, etwas, dessen Gestalt er nicht unterschied, mit der Geschwindigkeit eines großen Fisches, in der Richtung auf Strömö. Ein Fisch war es nicht, so viel konnte er im Dunkel erkennen.

In nächster Nacht kam Manor wieder, eiskalt wie gestern, doch verlangender. Umschlang den Knaben mit kalten Armen; küßte ihm Wange und Mund; legte den Kopf ihm auf die weiche Brust. Har erbebte. Ihm fing das Herz zu pochen an bei dieser innigen Umschlingung. Und gerade auf das pochende Herz legte Manor den Kopf. Die Lippen suchten den sanft schwellenden Hügel über dem Herzen, der durch das Pochen mit in Bewegung geriet. Dort begann er zu saugen, verlangend und dürstend, wie ein Säugling an Mutterbrust. Doch schon nach wenigen Augenblicken ließ er nach; erhob sich; entfernte sich. Har war zu Mut, als ob ein saugendes Tier sich an ihm vollgesogen.

Auch in dieser Nacht hatte der Fischer wieder im Sunde zu tun. Genau um dieselbe Stunde wie gestern kams wieder herangerauscht. Kam diesmal nah an ihm vorüber. Im blassen Mondlicht konnte er erkennen: es war ein schwimmender Mensch. Schwamm auf der rechten Seite liegend, wie bisweilen Matrosen schwimmen, aber bekleidet mit einem Totenhemd. Ihn schien der Schwimmer gar nicht zu bemerken, obgleich er das Gesicht ihm zugekehrt hielt.

Schwamm mit geschlossenen Augen. Der Anblick war ihm so befremdend, daß er seine ausgespannten Netze einzog und wegruderte.

Auch in den nächsten Nächten kam Manor wieder. Umarmte den Knaben bisweilen im Schlaf. Denn hin und wieder überkam ihn Schlaf, bis Manor kam. Erwachte dann in seiner Umarmung. Jedesmal suchten die Lippen die weiche Erhöhung über dem Herzen. War es Tag geworden, so sah Har dann und wann, wie aus der linken Brustwarze ihm noch ein schwaches Tröpflein Blut hervorperlte. Wischte es mit dem Hemde weg. War auch wohl schon von selbst ein Tröpflein ins Hemd gelaufen. Nur in der

Vollmondnacht kam er nicht.

Ein Toter ist oft mächtig erfüllt von Sehnsucht nach einem oder dem anderen unter seinen zurückgelassenen Lieben, so mächtig, daß er Nachts das Grab verläßt und zu ihm kommt. Denn das ist alter Glaube, daß Urda manchem um Mitternacht kurzes Halbleben zurückgibt und dann seltsame Kräfte von jenseit des Grabes verleiht. Kommt besonders vor bei jungen Leuten, die in der Blüte der Jahre der bittere Tod hinwegraffte. Den Zurückkehrenden erfüllt zugleich große Blut- und Wärmebedürftigkeit. Dann lechzt er nach dem frischen Blut der Lebenden und, wie ein Liebender, nach Umarmungen. Aber er teilt auch große Sehnsucht mit und bereitet dadurch oft heftige Qual.

So auch hier. Har quälte sich den ganzen Tag und härmte sich. Mit Ungeduld aber erwartete er die Nacht und ersehnte die wonnigen Schauer der mitternächtigen Umarmung.

IV.

So mochten zwölf Tage vergangen sein.

Lära: »Bist so bleich und so blaß. Was ist Dir, Har?«

Er: »Nichts, Mutter.«

Sie: »Bist so still.«

Er seufzte. – – –

Im letzten Häuschen des Dorfes wohnte eine weise Frau, die allerlei Geheimnisse wußte. Zu der ging die besorgte Mutter. Die weise Frau warf Runenstäbe.

Weise Frau: »Ihn besuchen die Toten.«

Lära: »Die Toten?«

Weise Frau: »Ja, des Nachts; und daran muß einer sterben, wenn dem Besuch nicht bei Zeiten Einhalt geschieht, eh es zu spät ist.«

Bestürzt kehrte Lära heim.

Sie: »Ists wahr, Har, bekommst Du Totenbesuch?«

Er blickte zu Boden. »Manor ist dagewesen,« sagte er leise und sank ihr weinend an die Brust.

Sie: »So mögen dir die Götter gnädig sein!«

Er: »Die Götter? Pah! Was sollen mir jetzt noch die Götter! Als er sich an die Planke klammerte, o weh! o weh! da war es Zeit, mir gnädig zu sein, wenn sie es wollten. Aber erbarmungslos ließen sie ihn versinken. Wie hab ich ihn so lieb gehabt!« – –

Nun bemerkte sie auch die Blutspuren in seinem Hemde. Da ging sie zu den Dorfältesten. Diese ruderten hinüber nach Wagö mit

Mutter und Sohn, auch die weise Frau nahmen sie mit. Zu den Wagöern sagten sie:

»Eure Gräber schließen nicht. Einer verläßt sein Grab jede Nacht; kommt herüber zu uns; saugt sich voll am Blut dieses Knaben.«

Die Wagöer: »So wollen wir ihn festmachen.«

Griffen einen tannenen Pfahl, manneslang und mehr als armesdick, den sie mit einem Beil viereckig behieben, unten fußlang zugespitzt. Gingen zu den Dünen; einer trug den Pfahl, ein anderer eine schwere Axt. Oeffneten Manors Grab. Da lag er ruhig und still vor ihnen da im Totenhemd.

Erster Wagöer: »Seht! Er liegt noch so, wie wir ihn hingelegt.«

Weise Frau: »Weil er sich jedesmal wieder in die alte Stellung legt.«

Zweiter Wagöer: »Sein Gesicht ist ja fast frischer als sonst.«

Weise Frau: »Kein Wunder. Dafür ist Hars Gesicht jetzt desto blasser.«

Har stieg hinab und warf sich nochmals über die geliebte Leiche.

»Manor! Manor!« rief er mit angsterfüllter Stimme. »Sie wollen Dich pfählen. Manor, erwache! Schlage die Augen auf! Dich ruft dein Har!«

Aber er schlug die Augen nicht auf. Regungslos lag er unter Hars Umarmung, wie vor zwölf Tagen am Strande auf dem Stroh.

Har wollte ihn nicht loslassen. Sie rissen ihn weg. Setzten Manor die Spitze des Pfahls auf die Brust. Aechzend wandte sich Har. Fiel der Mutter um den Hals. An ihrer Schulter barg er sein Gesicht.

»Mutter!« rief er aus, »warum hast du mir das getan!«

Die flache Rückseite der Axt hörte er niederfallen auf den Pfahl und den Pfahl stöhnen. Ein schwerer Schlag; noch ein Schlag und noch ein halb Dutzend Schläge.

Erster Wagöer: »Nun ist er festgemacht!«

Zweiter: »Das Wiederkommen soll er nun wohl bleiben lassen.«

Har trugen sie halb ohnmächtig davon. »Nun wird er dich in Ruhe lassen, mein liebes Kind!« sagte Lära, da sie wieder in ihrer Hütte waren.

Betrübt ging er zu Bett. »Nun kommt er nicht mehr!« sagte er kummervoll vor sich hin. War müde und matt. Friedlos aber und ruhelos wälzte er sich auf seinem Lager. Langsam schlichen die Minuten; träg krochen die Stunden dahin. Mitternacht kam und noch kein Schlaf hatte sich über seine Wimpern gesenkt.

Horch! Was ist das? Im Fliederbaum ... – Doch nein; das war ja unmöglich. Und doch! Wieder, wie früher, raschelte es in den Zweigen des Baums. Das Fenster öffnete sich. Manor war wieder da. Seufzte tief auf. Hatte eine große Wunde in der Brust, die viereckig war und ihm bis durch den Rücken ging. Legte sich wieder zu Har, umschlang ihn und sog. Sog verlangender denn zuvor und dürstender.

Nebenan aber wachte diese Nacht Lära; horchte und zitterte. Früh morgens kam sie herein und trat an Hars Bett.

Sie: »Mein armes Kind! Er ist doch wieder dagewesen.«

Er: »Ja, Mutter; er ist wieder bei mir gewesen.«

Das Bett aber war befleckt mit Leichenblut, das aus der großen Wunde hervorgeträufelt war.

V.

Einige Stunden später ruderte wieder ein Boot über den Sund; doch ohne Har. Man ging wieder zu den Dünen; öffnete wieder das Grab. Der viereckige Pfahl steckte noch in der Gruft, doch nicht mehr in Manors Brust. Aber er lag gekrümmt neben dem Pfahl. Gestreckt zu liegen hinderte der Pfahl.

Weise Frau: »Er hat sich los machen können. Der Pfahl ist ja unten und oben gleich dick.«

Erster Wagöer: »Hat sich von unten nach oben am Pfahl in die Höhe gewunden.«

Zweiter: »Muß ihn aber unmenschliche Anstrengung gekostet haben.«

Auf Rat der weisen Frau behieben sie heute einen stärkeren Pfahl, den sie oben doppelt so dick ließen als unten, daß er aussah wie ein Nagel mit Kopf. Zogen den alten Pfahl weg und pfählten ihn mit diesem.

»So! Nun ist er angenagelt«, sagte der Axtmann, als er dem Pfahl den letzten Hieb auf den Kopf gegeben.

Zweiter Wagöer: »Mag er sich winden und drehn, von dem windet er sich nicht los.«

Lära kehrte zu Har zurück; erzählte was geschehn. »Nun ist es vorbei«, sagte er zu sich selbst, da er zu Bett ging. Schlummerlos lag er da. Mitternacht kam. Doch alles blieb still. Nichts raschelte draußen am Fenster in den Zweigen des Fliederstrauchs. Kein Schwimmer schreckte den Fischer mehr, der Nachts mit geschlossenen Augen des Sundes Woge durchschnitt.

Lära: »Nun hast du Frieden vor ihm. Er hat dich so gequält.«

Er: »O Mutter! Mutter! Er hat mich nicht gequält!«

Härmte sich ab in vergeblichem Sehnen. »Mutter!« sagte er, »nun ists aus mit mir.« Zehrte ab; konnte sich nicht mehr vom Bett erheben.

Sie: »Bist so müde und so matt, mein lieber Sohn!«

Er: »Er zieht mich zu sich hinab.«

Eines Morgens saß sie an seinem Bett, da er noch schlief. Ein Monat war verflossen seit dem Schiffbruch. Es war noch früh. Sie weinte. Da schlug er die Augen auf.

»Mutter«, sagte er mit schwacher Stimme, »ich muß sterben.«

Sie: »O nein, mein Kind! Du sollst so jung nicht sterben!«

Er: »Doch, doch! Er ist wieder bei mir gewesen. Wir haben mit einander geredet. Wir saßen auf dem Stein unter der alten Buche im Wald wie sonst; er schlang seinen Arm wieder um meinen Hals und nannte mich »Min Jong«. Heut Nacht will er wieder kommen und mich holen. Er hat es mir versprochen. Ich kann es nicht aushalten ohne ihn.«

Sie beugte sich über ihn und ihre Tränen flossen reichlich auf sein Bett. »Mein armes Kind!« sagte sie und legte ihm ihre Hand auf die Stirn.

Als es Nacht ward, zündete sie eine Lampe an und wachte bei ihm am Bette. Still lag er da; schlief nicht; schaute schweigend vor sich hin.

Er: »Mutter!«

Sie: »Was willst Du, mein guter Sohn?«

Er: »Legt mich mit in sein Grab! Ja? Und zieht ihm den schrecklichen Pfahl aus der Brust!«

Sie versprach es ihm mit Händedruck und Kuß.

Er: »O, bei ihm muß es sich so süß liegen im Grabe!« – –

Da kam Mitternacht heran. Auf einmal verklärten sich seine Züge. Hob ein wenig den Kopf, als horche er. Mit glänzenden Augen schaute er nach dem Fenster und nach den Zweigen des Fliederbaums.

»Sieh, Mutter, da kommt er!« – –

Das waren seine letzten Worte. Da brachen ihm die Augen.

Sank in die Kissen zurück und entschlief.

Und sie taten, wie er gebeten.